AF313595

ALINE,
REINE DE GOLCONDE,

BALLET-HÉROÏQUE,

En trois Actes,

REPRÉSENTÉ, POUR LA PREMIERE FOIS,

PAR L'ACADÉMIE-ROYALE

DE MUSIQUE,

Le Jeudi 10 Avril 1766.

PRIX XXX. SOLS.

AUX DÉPENS DE L'ACADÉMIE.

A PARIS, Chés DE LORMEL, Imprimeur de ladite Académie, rue du Foin, à l'Image Sainte Genevieve.

On trouvera des Livres de Paroles à la Salle de l'Opera.

M. DCC. LXVI.

Le Poeme eſt de Monſieur S E D A I N E.

*La Muſique eſt de M * * *.*

ACTEURS CHANTANTS
DANS LES CHŒURS.

Côté du Roi.		Côté de la Reine.	
Mesdemoiselles.	*Messieurs.*	*Mesdemoiselles.*	*Messieurs.*
Durand.	Chicot.	D'alliere.	L'écuyer.
Guillaume.	Vaudemont.	Salaville.	Albert.
La Croix.	Héri.	D'agée.	Tourcati.
Delor.	Cailteau.	Adélaïde.	Bourdon.
Beauvais.	Lecoutre.	Duprat.	Platel.
Barrage.	Rose.	Lebourgeois.	Feret.
Thévenot.	Robin.	Rosalie.	Du Perrier.
	Antheaume.		Boi.
Héri.	Méon.	Jouette.	Laurent.
Defontebles.	Botson.	Desrosieres.	Cavaillier.

A ij

ACTEURS.

ALINE, *Reine de Golconde*, Mlle. Arnould.

ZÉLIS, *Amie & Confidente de la Reine*, Mlle. Duranci.

USBEK, *Seigneur Golcondois*, M. Legros.

St PHAR, *Général François*, M. L'arrivée.

UN VIEILLARD, *Berger*, M. Durand.

UNE BERGERE, Mlle. Dubrieulle.

OFFICIERS Français & Golcondois.

SOLDATS Français & Golcondois.

GUERRIERS Golcondois.

AMAZONES Golcondoises.

MANDARINS.

PEUPLES Golcondois.

BERGERS & BERGERES.

PASTRES & PASTOURELLES.

MATELOTS & MATELOTES.

PERSONNAGES DANSANTS.

ACTE PREMIER.

GUERRIERS GOLCONDOIS.

M. LIONNOIS

M^{rs}. Lani, 1., Trupti, Riviere, Henri, Lani, 2., Grenier, Despréaux Gardel, c.

AMAZONES GOLCONDOISES.

M^{ll}. LIONNOIS.

Mlles. Demiré, St. Martin, Petitot, Gaudot, Mercier, Siane, Mimi, Rousselet.

JEUNESSE GOLCONDOISE.

M. GARDEL, Mlle. GRANDI.

M. Lebrun, Francisque, Legrand, Beaulieu.
Mlles. Duperrei, Dervieux, Leroi Leclerc.

ACTE SECOND.

BERGERS & BERGERES.

Mlle. PESLIN.

M. LEGER,   Mlle. ADÉLAÏDE.

Mrs. Dubois, Rogier, Leroi, Grenier, Liesse, Gougi.

Mlles Gaudot, Grandi, Buart Mercier, Dauvilliers, Chassaigne.

PASTRES & PASTOURELLES.

M. D'AUBERVAL. Mlle. ALLARD.

Mrs. Béate, Cezeron, Dossion, Giguet.

Mltes. Cornu, Lahaie, Villette, Vernier.

ACTE·TROISIEME·

GOLCONDOIS & GOLCONDOISES.

M. VESTRIS.

M. DAUBERVAL, Mlle. PESLIN.

M^r. Lani, 1., Riviere, Trupti, Henri, Grenier, Lani, 2.

Mlles. Demiré, St Martin, Petitot, Gaudot, Siane, Mimi.

BERGERS & BERGERES.

Mlle. DUPERREL.

M^{rs}. Dubois, Leroi, Grenier, Lieſſe.

Mlles. Buart, Mercier, Dauvilliers, Chaſſaigne.

MATELOTS FRANÇOIS.

M. LEBRUN, Mlle. DERVIEUX.

M^{rs}. Gougi, Deſpréaux, Giguet, Bourgeois.

Mlles Cornu, Lahaie, Vernier, Demarci.

L E joli Conte d'Aline m'a paru *si répandu dans le Public, & si digne de l'être, que je n'ai point hésité de le mettre au Théâtre. Le sujet en est si connu, qu'il pourroit se pâsser de Programme; en effet, qui ne sait pas que St Phar, Gentilhomme Français, à peine adolescent, rencontra l'innocente Aline dans un Vallon, au lever de l'Aurore.*

Se voir, s'aimer, se le dire, ne fut pour ce joli Couple que l'affaire d'un instant. St Phar, forcé de quitter sa Bergere, lui donna un Anneau d'or, qu'il la pria de conserver toute sa vie.

Quelques années après, par un de ces événemens, qui n'a pas besoin de preuve, Aline devint Reine de Golconde. Le cœur toujours occupé de son premier amour, elle fit arranger dans son Parc un lieu semblable à celui où elle avoit connu St Phar.

*Par un événement, peut-être aussi singulier, St Phar quitte la France, pâsse dans les Indes, & est nommé Ambassadeur vers la Reine de Golconde: il en est reconnu, (I*er*. Acte) elle se présente à lui habillée en Bergere, (II*e*. Acte) & ils s'aiment comme le premier jour, (III*e* Acte.)*

L'Histoire ne dit pas que St Phar monta sur le Thrône de Golconde; mais Aline a sans doute fait pour St Phar, ce qu'Angélique a fait pour Medor.

ACTE

ACTE PREMIER.

*Le Théâtre repréfente un Sallon orné magnifiquement,
dans le goût afiatique; un Thrône, fur un des côtés,
élevé au-deffus du parquet, de plufieurs gradins.*

SCÊNE PREMIERE.

(*Les grands Seigneurs* GOLCONDOIS *font fuppôfés attendre la Reine : un d'eux eft au côté gauche du Thrône ;
il fe nomme Ufbek.*)

USBEK, GOLCONDOIS.

LE CHŒUR.

CHANTONS la Reine de Golconde !
Qu'elle foit toûjours
Les amours,
La gloire & le bonheur du monde.

B

USBEK.

Qu'un profond respect vous enchaîne,
Prosternés-vous ; voici la Reine.

SCÈNE II.

LA REINE, *le visage couvert, en partie, de son
voile ;* ZÉLIS, USBEK, *Suite de* LA REINE ;
MANDARINS.

(Marche GOLCONDOISE *: la* REINE *arrive, précédée &
suivie de son cortege ; tous les Grands se prosternent :
elle monte sur son Thrône, accompagnée de* ZÉLIS*,
sur laquelle elle s'appuie.)*

USBEK.

Que le Général des Français
Soit introduit dans le Palais.

SCÈNE III.

LES ACTEURS DE LA SCÊNE PRÉCÉDENTE.
Sᵗ. PHAR, OFFICIERS Françᵒⁱˢ.

(Marche des FRANÇOIS *: l'Ambassadeur entre, précédé
& suivi de son Cortege.)*

Sᵗ PHAR.

Général des François établis sur ces rives,
Je viens renouveller, à votre avénement,

Les affûrances les plus vives
Du plus fincere attachement.
Qu'il eft flateur pour moi d'en faire le ferment
Aux pieds d'une illuftre Princeffe !
Hé , quel Français ne feroit enchanté
De remplir un traité , que dicte la fageffe ,
Sous l'empire de la beauté !

U S B E K.

La Reine connoît votre zele ,
Son cœur ne l'oubliera jamais ;
Elle veut, qu'en ce jour, une conftante paix
Entre elle & vous fe renouvelle.

Sᴛ. P H A R.

Si jamais
Du fein des montagnes ,
L'ennemi venoit dans vos campagnes
Répandre l'horreur ,
Semer la terreur ;
Sûrs avec vous de la victoire ,
Nous partagerons votre gloire :
Oui , pour défendre vos États ,
Employés nos cœurs & nos bras
Dans les combats :
Pour un Français, c'eft un bonheur
De fe livrer à fa valeur.
Illuftre Reine ,

Bij

L'honneur nous mene ;
Et s'il paroît quelqu'ennemi,
Offrés-nous, offrés-nous à lui :
Faut-il l'attendre,
Ou le chercher ?
Nous ferons tous, pour vous défendre,
Prêts à marcher.

USBEK & le CHŒUR des FRANÇAIS.

Oui, pour défendre vos États,
Employés nos cœurs & nos bras
Dans les combats :
Pour un Français, c'est un bonheur
De se livrer à sa valeur.
Illustre Reine,
L'honneur nous mene,
Et s'il paroît quelqu'ennemi,
Offrés-nous, offrés-nous à lui :
Faut-il l'attendre,
Ou le chercher ?
Nous ferons tous, pour vous défendre,
Prêts à marcher.

(ZÉLIS monte quelques marches du Thrône ; la REINE lui parle ; ZÉLIS redescend, & dit à St. PHAR.)

Ne quittés pas si-tôt ce fortuné séjour ;
La Reine vous invite aux fêtes de sa Cour.

(*On reprend la Marche des Français : l'Ambassadeur se
retire ; toute la suite de la* REINE *rentre dans le Palais.*)

SCÊNE IV.
LA REINE, ZÉLIS.

LA REINE.

Zélis, ah ! je me meurs... c'est lui, oui, c'est lui-
même !

ZÉLIS.

Qui ? ce Français.

LA REINE.

Celui que j'aime.

Zélis, tous mes secrèts sont écrits dans ton cœur ;
Tu consoles ta Souveraine
Du pénible & brillant honneur,
De cacher la foiblesse humaine
Sous le voile de la grandeur.

Ce Français, ce Guerrier, c'est St Phar, c'est lui-
même !

ZÉLIS.

Craignés de vous tromper ; c'eſt peut-être une erreur.

LA REINE.

Méconnoît-on la voix de ce qu'on aime ?
Il ſembloit que mon cœur l'attendoit ; ah, grands
    Dieux !
Il paroît… je frémis !.. il parle… & dans mon âme
Un éclair… ah, Zélis ! une glace… une flâme…
    Un nuage a couvert mes yeux,
Je n'ai rien vu… c'eſt lui, c'eſt lui-même ; ah, grands
    Dieux !

    Ah, quel moment pour un cœur tendre !
    Non, non, tu ne le conçois pas :
    Le deſirer, le voir, l'entendre,
    Et des yeux conduire ſes pas…
    Ce ſon de voix, ah, comme il touche !
    Comme il enchantoit tous mes ſens !
    Mon âme voloit ſur ſa bouche,
    Pour jouïr de ſes accens.

ZÉLIS.

Hélas ! ſous un autre hémiſphere,
Si de vos nœuds ſon cœur a ſu ſe délier ;
    Alors que prétendés vous faire ?

LA REINE.

Baisser les yeux, gémir, & l'oublier.

ZÉLIS.

L'oublier !

LA REINE.

L'oublier ! ce mot me désespere.

ZÉLIS.

Par quels ressorts secrèts, par quels moyens heureux,
Saurés-vous si son cœur est fidele à ses feux ?

LA REINE.

Tu connois ce gâson, arrôsé de mes larmes,
Ce hameau, par mes soins élevé sous mes yeux,
　　Ce bocage si plein de charmes,
　　Ce bosquet si délicieux ;
C'est l'image des lieux, où mon âme charmée,
S'est voüée à l'objet que je n'ai pu bannir :
　　C'est-là que mon âme calmée,
　　Jouït de son ressoûvenir ;
Et je le vois !.. Demain, quand l'Aurore naissante
Aura couvert de fleurs ce bosquet amoureux,
Que ses premiers regards, jettés sur son amante,
Rappellent, s'il se peut, ses serments & ses feux.

ZÉLIS.

Vous, Reine, & dans Golconde ! il vous verra pré-
    sente ?
        Il n'en pourra croire ses yeux.

LA REINE.

    Prends cet anneau : si de ce gage
    Il ne reconnoît pas le prix ;
Si le lieu, si l'instant & le même bocage ;
Si son Aline, offerte à ses regards surpris,
Ne dit rien à ce cœur, dont le mien est épris ;
Qu'il parte.... il ne saura jamais que dans Gol-
    conde
Son Aline n'aimoit, ne respiroit que lui ;
    Que, quoiqu'à mes vœux tout réponde,
Lui seul est le seul bien que je desire ici.

    Toi, qu'avec des traits de flâme
    L'amour grava dans mon cœur,
    Est-il resté dans ton âme,
    Des traces de notre ardeur ?

    Cette Aline, dont l'aurore
    S'embellissoit de tes feux,
    Peut-elle espérer encore
    D'être digne de tes vœux ?

Si jamais d'un cœur sincere,
L'Amour reçut le serment,
C'est celui qu'une bergere,
Fit alors à son amant.

Serment que, baignés de larmes,
Nous répétâmes cent fois,
Auriés-vous perdu vos charmes ?
Auriés-vous perdu vos droits ?

C

SCÈNE V.

LA REINE, ZÉLIS, USBEK.

(Pendant la Ritournelle de l'air précédent, USBEK entre, s'approche de ZÉLIS ; il est supposé lui parler : ZÉLIS s'avance vers LA REINE.)

ZÉLIS.

O Reine !...

LA REINE.

Je t'entends ; la fête est commencée.
Viens remplir le projet qui s'offre à ma pensée.

SCÈNE VI.

Le Théâtre change & représente une Place publique.

USBEK, PEUPLE GOLCONDOIS.

CHŒUR des PEUPLES.

Vive l'honneur du nom Français!
Vive à Golconde,
Vive la paix!
Que tout à nos desirs réponde :
Vive à Golconde,
Vive la paix!

Que sur la terre & que sur l'onde,
Une tranquillité profonde,
Laisse circuler les bienfaits
Et les trésors du monde.

Vive, &c.

(*On danse.*)

USBEK, à Sr PHAR.

Sur les bords charmants de la Seine,
Si quelque belle excite vos regrèts,
Pour l'oublier, livrés-vous aux attraits
D'une nouvelle chaîne.

C ij

Des regrèts la trace profonde,
Doit s'effacer sous de nouveaux desirs;
Le Gange, sur ses bords, vous offre des plaisirs
Aussi purs que son onde.

Sur les bords, &c.

(On danse.)

SCÊNE VII.

(Entrée de la jeunesse GOLCONDOISE, portant des
bouquèts.)

(On danse pendant les Ritournelles qui sont dans le
CHŒUR suivant.)

ZÉLIS, JEUNESSE GOLCONDOISE,
& les ACTEURS de la Scêne précédente.

ZÉLIS a deux bouquèts, un de diamants, l'autre
de fleurs; elle les présente à ST PHAR.

DAns nos climats l'éclat le plus divin,
Plus qu'en tout lieu, fait briller la nature :
Voici les trésors de son sein ;
En voilà la parure.

ZÉLIS & le CHŒUR.
Voici les trésors, &c.

(On danse.)

Z É L I S, *à S[r]. P H A R*, *en lui donnant*
le bouquèt de fleurs.

Prenés ces fleurs, admirés leur beauté ;
Respirés-en l'odeur enchanteresse :
Qu'elle charmante volupté !
Ah, quelle douce ivresse !

Z É L I S *& le* **C H Œ U R**.

Quelle charmante, &c.

(*On danse.*)

Z É L I S, *à S[r] P H A R*, *en lui donnant le*
bouquèt de diamants.

Par ces brillants, par ces bijoux exquis,
Dont il paroît que l'éclat vous étonne ;
Jugés quel doit être le prix
Du cœur qui vous les donne.

Z É L I S *& le* **C H Œ U R**.

Jugés quel, &c.

(*On danse.*)

S[r] P H A R.

Le parfum de ces fleurs, ces odeurs étrangeres,
Appésantissent mes paupieres ;
Le sommeil sur mes yeux vient verser ses pavots ;
Jouïssons un instant des douceurs du repos.

Le **CHŒUR**, *à demi voix.*

Jouïssés, jouïssés des douceurs du repos.

(On danse.)

(*Pendant cette partie du Divertiſſement, on met au doigt de S* Phar *l'anneau que la* Reine *a danné à* Zélis *, dans la IV. Scêne.*)

FIN DU PREMIER ACTE.

ACTE DEUXIEME.

Le Théâtre repréfente un joli Bocage ; dans le fond un Payfage charmant ; un Village fur le revers d'une coline, & un Château, dont les jardins dominent fur la plaine : entre le Payfage & le Bocage, eft un torrent, fur lequel eft un Pont, fait avec des arbres, couchés fans art.

SCÈNE PREMIERE.

(*L'inftant eft le lever de l'Aurore.*)

S^t P H A R, *feul.*

RÉvé-je!... où fuis-je?... dans quels lieux?
Que la nature paroît belle
En ce moment délicieux !

Le jour naît.... il s'éleve... il embrasse les cieux ;
L'air se remplit d'une fraîcheur nouvelle ;
La terre semble respirer :
Tout revit, tout se colore,
L'instant invite à soûpirer ;
Que de beautés vont éclore !
Le doux Zéphir vient se jouër
Dans les perles que l'Aurore
Aime à répandre, pour parer
Le sein brillant de Flore.

Tout ici me rappelle un soûvenir charmant !
Ce fut dans un même bocage,
A la même heure, au même instant
Que mon cœur partagea l'hommage
De l'amour le plus constant.
Aline ! Aline ! ô doux moment !

Jamais sur un plus beau trône,
L'amour n'éleva deux cœurs ;
Jamais plus belle couronne,
Ne coûta moins aux vainqueurs.
Tu parois, & tout annonce,
Entre nous le plus beau feu :
Un regard fit mon aveu ;
Un soûpir fut ta réponse.

Aline ,

Aline, chere Aline! au bout de l'Univers,
Aline, envain mon cœur t'appelle;
Les gouffres immenses des mers
Sont une barriere éternelle,
Et mes accens se perdent dans les airs!

SCENE II.

ALINE, S. PHAR.

S. PHAR.

MAis, qu'apperçois-je? une Bergere!
Elle parut ainsi, des fleurs pour ornement,
Une corbeille, une taille légere;
Elle pâssoit ainsi sur un pont chancellant,
En tremblant.

Je crois voir les mêmes grâces,
Son air, ses pas enchanteurs:
J'enviois le sort des fleurs
Qui se courboient sur ses traces.
Je les envie encore. Amour! tu me menaces.

Mais le charme du sommeil
Suspend-il encor mes esprits?
Est-ce l'éclat du réveil
Qui trompe mes regards surpris?
Mon jugement s'égare, ou mon cœur imagine
Qu'Aline ...   D

ALINE.

Quoi, Seigneur ?

Sᵗ PHAR.

Vous vous nommés Aline ?

ALINE.

C'eſt mon nom.

Sᵗ PHAR.

Votre nom ?

ALINE.

Oui, Seigneur.

Sᵗ PHAR.

Ah, Dieux ! quel eſt mon trouble extrême !
Comment ! cette Aline, que j'aime,
Quoi, vous !.. non, non, c'eſt une erreur.
Où ſuis-je ? & dans quels lieux ?

ALINE.

Vous êtes ce Seigneur,
Dont le jardin ſur la plaine domine :
St. Phar.

Sᵗ PHAR.

Hé bien, St. Phar !

ALINE.

Voici votre château,
Et moi, j'habite ce hameau,

Que nous cache cette coline.

Sᴛ P H A R.

Cette coline … Aline ! .. est-il rien de pareil ?

A L I N E.

Je ne vous dis point un mensonge.

Sᴛ P H A R.

Amour, Amour, si c'est un songe,
Que mes jours ne soient qu'un sommeil !
Ce château... ce hameau ... ces bois... cette coline ...
Ses regards… . ses accens … c'est elle, c'est Aline !

Que ce soit un enchantement ,
Ou la vérité que j'implore ,
Chere Aline, je t'adore ,
Je suis toûjours ton amant !
Je rappelle mon serment ;
Oui, je le répéte encore,
Chere Aline, je t'adore ,
Je suis toûjours ton amant !

A L I N E.

Ma bouche n'a qu'un langage ,
L'expression de mon cœur ;
Je vous aime, je m'engage ;
Que je fixe votre ardeur :

Soyés à moi sans partage,
Je ferai votre bonheur ;
Recevés-en, comme un gage,
Ce ruban & cette fleur.

(Elle lui donne une fleur, où est attaché un ruban)

Sᵗ P H A R.

Ah, que n'ai-je un anneau tel que... Dieux ! c'est le
même,
C'est ce gage de ma foi ;
C'est celui de ce que j'aime !
Ah ! sans doute, il est à toi.

A L I N E.	Sᵗ P H A R.
Aline, Aline vous adore ; Le tendre Amour comble ses vœux.	Aline, c'est toi que j'adore ; Le temps ne peut rien sur mes feux. Aline, vous m'aimés encore ? Le tendre Amour comble mes vœux!

E N S E M B L E.

Que nos chaînes soient éternelles,
Ne les brisons jamais ;
Que nos cœurs soient toûjours fideles.
Amour, ah, quels bienfaits !

A L I N E.	Sᵗ P H A R.
Aline, &c.	Aline, &c

Sᵗ P H A R.

Mais, dites-moi...

(*A l'inftant* ALINE *fait un figne ; & des* BERGERS
& BERGERES *paroîffent fur le côteau.*)

ALINE.

Je vois nos Bergers, nos Bergeres,
Ils nous ont vus ; je fuis.

St PHAR.

Je vous fuis.

ALINE.

Non, je crains.

St PHAR.

Que craignés-vous ?

ALINE.

Les difcours téméraires.
Et les regards malins.

St PHAR.

Fuyons-les.

ALINE.

Non, St Phar, reftés.

St PHAR.

Aline, ô Ciel, vous me quittés !
Je vous fuis.

ALINE.

Je le veux, reftés.

S^r P H A R.

Non.

A L I N E.

Non! St Phar ; confervés mon eftime.

S^t P H A R.

Ah ! fi je fuis un inftant fans vous voir ,
Je ne vois qu'une abîme ,
Et je perds tout efpoir.

A L I N E.

Sous cet ombrage
Arrêtés un moment ;
En me hâtant ,
Du Village
Je reviens à l'inftant.

De ce bocage
Ne vous éloignés pas ;
Pour retarder mes pas ,
Je trouve trop d'appas
Dans ce bocage.

Sous cet &c.

S^r P H A R.

Hélas ! hélas !

SCÊNE III.

S^T PHAR, Bergers & Bergeres,
& USBEK *déguisé en* BERGER.

(On danse.)

S^T *PHAR.*

Habitans de ces lieux, connoissés-vous Aline?

USBEK.

Si nous la connoissons,

une *BERGERE.*

Écoutés nos chansons !

USBEK & la *BERGERE.*

C'est Aline
Qui fait nos plaisirs ;
Cette Bergere est divine :
C'est Aline,
Qui de nos loisirs,
Sait éloigner les soûpirs.

USBEK, seul.

Loin des armes,
Les allarmes,
Ne nous font point verser de larmes ;

Sa tendresse,
Sa sagesse,
Répand le bonheur sur nos jours.

LE CHŒUR.

Aline est nos amours;
Qui pourroit en troubler le cours?

USBEK & LA BERGERE.

C'est Aline, &c.

USBEK, seul.

Les plaisirs que fait sa présence,
Sont pour nous
Des plaisirs si doux!
Ce sont ceux de la bienfaisance;
Mais que ces moments-là sont courts!

LE CHŒUR.

Aline est nos amours;
Qui pourroit en troubler le cours?

USBEK & le CHŒUR.

C'est Aline, &c.

(On danse.)

UN

Un *VIEILLARD.*

Quoi, vous dansés? Enfants! est-ce là votre ouvrage ?
Le Soleil n'a pas fait son tour ;
Et ce n'est qu'à la fin du jour
Qu'on doit danser sous cet ombrage.
Le travail a ses douceurs ;
La santé lui doit ses charmes ,
Et l'Amour lui doit les armes
Qui triomphent de nos cœurs.

Enfants ! *&c.*

USBEK.

Aline veut qu'ils se contentent ;
Elle a paru dans ces forêts.

Le *VIELLARD.*

Je le veux bien, pourvu qu'ils chantent
Et notre amour & ses bienfaits.

(*On danse.*)

St *PHAR, au VIEILLARD.*

Vieillard, qui leur donnés le conseil le plus sage,
Dites-moi quel est ce Château ?
Quel est le nom de ce Village ?

Le *VIEILARD.*

C'est . . .

E

U S B E K.

Silence!

L E V I E I L L A R D.

Seigneur, je retourne au Hameau.

(*On danse.*)

S^r P H A R.

Que ces Bergers font heureux !
L'amour feconde leurs vœux !
Afile,
Tranquille,
Vous êtes fait pour eux.
Ah, que pour un tendre amant,
Le tems coûle lentement !
La peine,
La gêne,
Augmente mon tourment.
Aline, tu ne viens pas,
Je voudrois hâter tes pas,
Mon trouble,
Redouble ;
Accours, viens dans mes bras.

Mais quel foupçon dans mon cœur
Vient fufpendre mon bonheur ?

Je doute,
J'écoute
Un espoir trop flatteur.

(On danse.)

USBEK.

L'Amour fuit les lambris dorés ;
Il aime à voltiger sur l'émail des prairies ;
C'est à l'ombre des bois, qui couronnent ces prés,
Qu'il enchaîne de fleurs ses compagnes chéries :
La splendeur,
La grandeur,
L'importune ;
Et c'est ici qu'il vient se consoler
De se voir immoler
A la fortune.

USBEK, *la* BERGERE *&* le CHŒUR.

L'Amour fuit les lambris dorés ;
Il aime à voltiger sur l'émail des prairies ;
C'est à l'ombre des bois, qui couronnent ces prés,
Qu'il enchaîne de fleurs ses compagnes chéries :
La splendeur,
La grandeur,
l'importune ;
Et c'est ici qu'il vient se consoler

E ij

De se voir-immoler
A la fortune.

(On danse.)

(Pendant cette danse, S^r *P H A R impatienté, monte par le chemin qu'A L I N E a parcouru : & , monté sur la coline , on apperçoit des soldats Golcondois qui le suivent & l'entourent.)*

SCÉNE IV.

USBEK, *& les* Bergers *&* Bergeres.

USBEK.

Quittés, quittés, cette retraite,
Bergers, la Reine est satisfaite.

USBEK *& la* BERGERE.

Aimés, aimés toûjours
Votre Bergere
La plus chere.

Aimés, aimés toûjours,
Celle qui regne sur vos jours.

LE CHŒUR.

Aimons, aimons toûjours, &c.

USBEK.

Les fleurs ont moins de grâces;
Sur ses traces
Est l'Amour,
Et c'est dans ce séjour,
Qu'il a fixé sa cour.

LE CHŒUR.

Aimons, aimons, &c.

U S B E K & la B E R G E R E.

Formés, formés des vœux.

L E   C H Œ U R.

Formons des vœux.

U S B E K & la B E R G E R E.
Priés.

L E   C H Œ U R.

Prions les Dieux,
Que le Ciel donne à ses vœux,
Les succès les plus heureux.

Aimons, aimons toûjours,
Notre Bergere,
La plus chere, *&c.*

(*Le Chœur en s'en allant, reprend le morceau.*)

FIN DU SECOND ACTE.

ACTE TROISIEME.

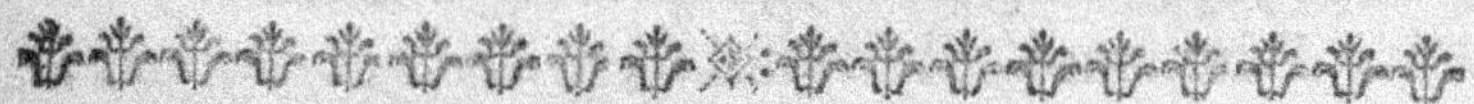

Le *Théatre repréfente l'intérieur d'un Palais, dans le goût Afiatique ; des fleurs, des caſſolettes, des tapis richesen font les ornements.*

SCÈNE PREMIERE.

Sᵗ. *P H A R entre, précédé & ſuivi par des Soldats armés, ſuivant le coſtume Golcondois ; on pôſe des Gardes à toutes les iſſues de l'appartement.*

Sᵗ. P H A R.

SUIS-JE en France? suis-je en Afie?
A Golconde, ou dans ma Patrie?
  Je ne trouve dans mon cœur
Qu'incertitude & que fureur.

Ce spectacle enchanteur ne peut être un mensonge;
C'est Aline... ce sont ses accens... ses appas;
Je doute encor si ce n'est point un songe....
Je la cherche... je vole... on arrête mes pas;
On m'arrête!.. le sort me plonge
Dans un dédale affreux que je ne conçois pas.

Suis-je en France, *&c.*

O vous, qui me gardés, par ordre de la Cour,
Dites-moi, dites-moi si, près de ce séjour...
Mais je les interroge en vain,
Nul ne répond... O ciel! quel sera mon destin?

O toi, que mon cœur adore,
Et qu'il n'oublia jamais,
Quoi! je te perdrois encore,
Et frappé de nouveaux traits;
Il ne resteroit dans mon âme
Que l'ardent desir de te voir;
Que la vérité de ma flâme
Et le vuide du désespoir?

SCÊNE

SCÉNE II.

ZÉLIS, S^t. PHAR.

ZÉLIS.

Seigneur, par ordre de la Reine,
Je viens vous annoncer le plus parfait bonheur

St PHAR.

Seroit-ce Aline?

ZÉLIS.

Quoi?

St PHAR.

Parlés!

ZÉLIS.

Ma Souveraine
Vous offre & sa main & son cœur.

St PHAR.

A moi!

ZÉLIS.

Seigneur, si la valeur suprême,
Si les héros sont les appuis des Rois,
Si la vertu mérite un diadême,
Sur qui doit - elle ici laisser tomber son
choix? F

Sᵗ *PHAR.*

Pardonnés à mon trouble extrême.
Mais dites-moi si, non loin de ces lieux,
Une française, une bergere,
(Son éclat est trop précieux
Pour ne pas illustrer une terre étrangere :)
Aline, que mon cœur… ah, vous la connoissés !
Vous ne répondés point ?

ZÉLIS.

Seigneur, puis-je répondre ?
Un tel discours a droit de me confondre :
Vos regards jusques-là se seroient-ils baissés ?

Sᵀ *PHAR.*

Est-il un rang qu'Amour connaisse ?
Les moins brillants, ou les plus hauts,
Soit qu'il s'élève, ou qu'il s'abaisse,
Tous les dégrés lui sont égaux.

Je la verrois, & je pourrois lui dire,
Voilà ma main; ah, que n'ai-je un empire !
Aline, sois constante, & je n'envierai rien :
Hé, qu'envier, après ton bonheur & le mien ?

Est-il, *&c.*

ZÉLIS, *à part.*

Il l'aime ; pour son cœur quelle félicité !

(*à S*ᴛ *P H A R.*)

Est-ce indifférence ou fierté ?
Je vous offre une couronne,
C'est la Reine qui la donne,
L'esprit, l'amour, la beauté
Vous attendent sur le thrône;
Et, loin d'écouter ses vœux,
Vous parlés d'une étrangere,
Vous parlés d'une bergere,
Et du choix le plus honteux!
Quoi! la suprême puissance
Mise à l'instant dans vos mains;
La profonde obéissance
Et le respect des humains;
Quoi! la Reine & tous ses charmes
Ne font que de foibles armes
Pour vous donner un vainqueur?
Quel est le rang desirable,
Quel est donc l'objet aimable
Qui peut toucher votre cœur ?

Sᴛ *P H A R.*

Aline!.. Mais c'est trop abuser de ma peine:
Pourquoi me retient-on dans ce triste palais?
De quel droit m'arrêter ?

F ji

ZÉLIS.

> Seigneur, voici la Reine.
> Peut-être en voyant ses attraits
> Votre front rougira d'avoir craint une chaîne
> Qui doit remplir tous vos souhaits.

SCÈNE III.

ZÉLIS, Sᵗ PHAR, LA REINE,
le visage couvert de son voile.

ZÉLIS.

Madame c'est en vain…

Sᵗ PHAR.

> O ciel! qu'ôsés-vous dire?

ZÉLIS.

Vos appas…

Sᵗ PHAR.

Arrêtés!

ZÉLIS.

> Votre main, votre empire,
> Ne font rien à ses yeux:
> Aline, une bergere est l'objet précieux. ,..
> Aline est tout ce qu'il desire.

Sᴛ P H A R.

Ah ! n'avés-vous jamais aimé ?
Pardonnés aux transports d'un cœur trop enflâmé !

Le premier trait que l'amour lance,
Reste tout entier dans un cœur ;
Le temps n'a point de puissance
Sur une premiere ardeur ;
Vainement d'une autre flâme
On écoute les transports ;
Tout ramene dans notre âme
Des regrèts, ou des remords.

J'ai retrouvé celle qui m'étoit chere ;
J'ai retrouvé l'objet de tous mes vœux ;
Est-elle-moins ce que j'aime le mieux.

Pour n'être, hélas ! qu'une bergere,
Je vous offense, ô ciel ! mais la trahir,
Mais vous tromper par un perfide hommage,
Être paré de vos dons en gémir,
Vous offenseroit davantage !

L A R E I N E, *ôtant son voile.*

Quel moment !
Cher amant !

Sᴛ P H A R.

Aline !

LA REINE.

Oui, la même.

Si l'éclat du diadême
Peut ajoûter au bonheur ;
C'est à l'inſtant que le cœur
Peut l'offrir à ce qu'il aime.

Sᵗ PHAR.

Si l'éclat du diadême
Peut ajoûter au bonheur ;
C'eſt à l'inſtant que le cœur
Le reçoit de ce qu'il aime.

Quoi ! vous règnés dans ce ſéjour,
Mon Aline ? ah, c'eſt un preſtige !

LA REINE.

La Fortune a fait un prodige,
Pour en faire hommage à l'Amour.

LA REINE.　　　　Sᵗ PHAR.

Si l'éclat du diadême, &c. Si l'éclat du diadême, &c.

ZÉLIS.

Mais quel bruit !.. il augmente, & le ſon des
Tambours...

SCÈNE IV.

LA REINE, ZÉLIS, Sᵗ. PHAR, USBEK.

USBEK.

IL faut, il faut un prompt secours:
Des Français mutinés venés punir l'audace;
Ils ont forcé la garde, & déjà dans la place
        Leur Drapeau leur sert de signal ;
        Ils demandent leur Général.

LA REINE.

Paroissés, ô Sᵗ Phar ! contentés leur envie.

Et vous, que cette fête annonce à mes Sujèts
        Un jour heureux, un jour de paix,
        Et le plus brillant de ma vie.

SCÈNE V.

Le Théâtre change ; il représente la principale porte du Palais ; les Troupes Golcondoises en défendent l'entrée ; les François paroissent du côté opposé.

Sᵀ PHAR, OFFICIERS & SOLDATS

FRANÇAIS & GOLCONDOIS.

PEULPES GOLCONDOIS.

LE CHŒUR.

FRANÇAIS.	GOLCONDOIS.
REndés-nous notre Général ; Redoutés cet instant fatal ! Brisons les portes du Palais Enfonçons-les, enfonçons-les !	REdoutés cet instant fatal, Redoutés cet instant fatal ! Vous allés savoir son destin ; Attendés l'ordre souverain. Écoutés, François, écoutés.

Sᵀ PHAR.

Arrêtés, Soldats ! arrêtés.

LES FRANÇAIS & les GOLCONDOIS

Vive Sᵗ Phar.

Sᵗ PHAR.

S^t P H A R.

Amis, votre zele m'enchante !
Mais loin de prodiguer des jours trop précieux,
Partagés les plaisirs d'une fête charmante ;
Et, comme moi, soyés heureux.

SCÈNE DERNIERE.

*(Les SOLDATS se retirent sur une marche : le Théâtre
change, & représente un Jardin dans le goût Asiatique,
orné pour une Fête ; on voit un Kiosle dans le fond.)*

LA REINE , St PHAR, USBEK, ZÉLIS,
UN VIEILLARD & *une* BERGERE, PEUPLES
GOLCONDOIS, BERGERS & BERGERES,
MATELOTS FRANÇAIS.

(On danse.)

U S B E K.

Peuples, la Reine a fait un choix ;
Le Général François partage sa couronne ;
Les grands le placent sur le Thrône :
Suivés, suivés ses loix.   (On danse.)

LE CHŒUR.

Suivons les loix
Du Roi qu'elle nous donne ;
Sa couronne
Est digne de son choix.

G

Qu'il s'éleve au rang des plus grands Rois,
Qu'il nous conduise à la victoire ;
Qu'il respecte toûjours les Dieux ;
A rendre ses peuples heureux
Que son grand cœur mette sa gloire.

(On danse.)

(Une Simphonie champêtre annonce les BERGERS. *)*

LA REINE aux BERGERS.

Venés, Bergers, venés vers votre mere ;
Pour moi votre aspect est si doux !
L'amour doit briser la barriere
Que le respect éleve entre le trhône & vous.

(On danse.)

UN VIEILLARD & une BERGERE.

Nous nous approchons en tremblant,
Mais votre bonté nous rassûre ;
Pour nous quel moment !
Qu'il est charmant,
Pour la tendresse la plus pure !

Venés, revenés dans nos champs ;
L'Amour se plaît tant où vous êtes !
Il ne se livre aux plus doux chants,
Que d'accord avec les musetes :
Chés nous les desirs
Et les soûpirs,

Offrent des voluptés parfaites.

LE *VIEILLARD*, la *BERGERE* & le *CHŒUR*.

L'amour vous appelle, & ses doux accens
Vous disent : venés, revenés dans nos champs ;
L'Amour, *&c.*

(*On danse.*)

U S B E K.

Lorsque le Ciel, tranquille & sans nüages,
    Brille de l'éclat d'un beau jour ,
    Les oiseaux dans leurs ramages,
    Chantent la paix & l'amour.

Alors que d'une nue, & terrible & profonde,
    Le tonnere murmure, gronde
    Et déchire le sein des airs ;
    Tout frémit sous le feuillage ;
Pour les oiseaux tremblans, il n'est plus de concerts.

Mais que le Ciel tranquille & sans nüages ,
    Reprenne l'éclat d'un beau jour ;
    Ils reprennent leurs ramages,
    Et les plaisirs de l'amour :
    Les oiseaux dans leurs ramages,
    Chantent la paix & l'amour.

(CONTREDANSE GÉNÉRALE,
    qui termine l'Opera.)

FIN DU TROISIEME ET DERNIER ACTE.

APPROBATION.

J'Ai lu , par ordre de Monseigneur le Vice-Chancelier , *Aline* , *Reine de Golconde* , Ballet-Héroïque en trois Actes . & je n'y ai rien trouvé qui doive en empêcher l'impression. A Paris , ce 14 Mars 1766.

DEMONCRIF.